Hélène Leroy • Éric Gast

La soupe à la grimace

bayard jeunesse

Une mignonne Georgette habite avec sa mère dans le délicieux village de Jempassa, juste avant d'arriver à Torgniole.
Georgette et sa mère s'aiment beaucoup, et elles vivent heureuses.

Elles vivent heureuses...
sauf le mardi soir, entre sept heures et huit heures.
Car tous les mardis, entre sept heures et huit heures,
on dîne d'une soupe à la biscotte. Et Georgette a HORREUR de ça !
Sa mère la gronde : – Georgette, cesse
de me faire la soupe à la grimace et mange.
Georgette répond : – C'est mou et ça fait floc,
et en plus... il y a une feuille de chou !
Sa mère fronce les sourcils :
– Mange, sinon... le Crackmiam va venir te chercher !

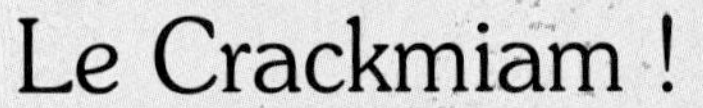

Le Crackmiam !
Non mais, franchement, qui va croire un truc pareil ?
La mère prend un air apeuré :
– Malheureuse, ne ris pas ! Il pourrait t'entendre.
Il paraît qu'il s'est installé près de Torgniole…
Georgette hausse les épaules. Sa mère continue :
– Il ne sort qu'à la tombée de la nuit…
Georgette jette un regard
vers la fenêtre sombre.

Sa mère chuchote encore :
– On dit qu'il avance sans bruit et qu'il écoute aux portes,
peut-être même qu'il regarde par le trou de la serrure…
Alors, le nez pincé, les yeux fermés,
Georgette avale sans respirer
quelques cuillerées de l'abominable potage.
C'est mou, ça fait floc,
et en plus, maintenant, c'est froid !

Ce soir-là, quand Georgette se glisse dans son lit,
elle est inquiète : Crackmiam ou pas Crackmiam ?
Est-ce qu'il existe ou est-ce qu'il n'existe pas ?
Bon, demain, c'est mercredi.
Georgette ira du côté de Torgniole.
Et si aucun Crackmiam ne s'y cache,
elle refusera pour toujours d'avaler
une seule cuillerée de soupe à la biscotte.

Le lendemain, Georgette part donc explorer
les collines qui entourent Torgniole.
D'abord, elle ne trouve rien.
Puis elle sent une mauvaise odeur
qui lui rappelle quelque chose.
Elle avance le nez en l'air, quand soudain…

... elle heurte un gros rocher tout mou qui fait floc.
– Nom d'un bouillon ! Mon ventre ! tonne le rocher.
Georgette pousse un grand cri :
– Ce rocher a un ventre aussi gonflé qu'un potiron,
des pieds comme des courges et des oreilles en chou-fleur !
Sûrement, c'est le Crackmiam ! Elle bégaie :
– Pitié, monsieur le Cra… Crackmiam,
je… je vous ju… jure de manger ma soupe !

Le Crackmiam fait un sourire plein de grosses dents :
– Soupe ? Toi aussi, tu aimes la soupe ?
Georgette ment : – Oh, oui oui, j'adore ça !
Le monstre est tout content :
– Alors ça, c'est chic, j'en ai justement préparé pour mon goûter.
Georgette fait la grimace : – De la soupe ? au goûter ?
Puis elle ajoute, pas très rassurée :
– Vous êtes sûr que vous ne mangez pas de… viande ?
Le Crackmiam sursaute :
– J'ai HORREUR de la viande !
C'est dur et ça fait scouitch sous les dents.
Et il rit : – N'aie pas peur, je ne vais pas te manger !

Le Crackmiam emmène Georgette chez lui,
et il lui tend un énorme bol de soupe.
Georgette reconnaît l'affreuse odeur de chou.
Elle s'écrie : – Non merci ! J'ai déjà goûté !
Du chocolat, des madeleines… enfin…
des trucs pas fameux qui m'ont coupé l'appétit.
Puis elle ajoute :
– Ma mère, elle fait de la soupe à la biscotte et au chou,
le mardi soir entre sept heures et huit heures.
Si tu veux, viens dîner chez moi, à Jempassa.
Elle en prépare toujours une grosse marmite.

Le mardi suivant, Georgette fait la grimace
devant son assiette de soupe à la biscotte.
Sa mère la menace : – Mange, Georgette,
sinon le Crackmiam va venir te chercher.
Georgette sourit aux anges. Sa mère s'énerve :
– Je l'entends qui arrive. Je vais l'appeler, Georgette !
Georgette sourit de plus belle.
La cuillère à la main, elle grimpe sur la table
et, bien droite, elle hurle :
– J'ai HORREUR de la soupe à la biscotte !
Sa mère ouvre la fenêtre et elle appelle :
– Crackmiam, houhou…
monsieur le Crackmiam !

Alors le Crackmiam passe la tête dans l'ouverture.
Il est très poli, il dit : – Bonsoir, madame.
La mère pousse un cri terrible, elle bondit en arrière.
Elle bégaie : – Qu'est… qu'est-ce que c'est que ça ?
Georgette dit tranquillement : – Ben, c'est le Crackmiam !
Sa mère pleurniche :
– Mais non, les Crackmiams n'existent pas,
c'était pour te faire manger ta soupe à la biscotte.
Le Crackmiam s'exclame :
– À la biscotte et au chou ! Mmm…
J'en prendrai avec plaisir, chère madame.

Pendant que sa mère reste collée au mur,
Georgette donne de la soupe au Crackmiam
qui hume, goûte, avale et se tortille de joie.
Il n'a jamais rien mangé d'aussi bon.
Il en redemande, il finit la marmite.
Puis il a un petit hoquet qui fait trembler la maison.

Et puis le Crackmiam est parti en disant :
– Merci madame, c'était très bon !
Depuis ce jour, Georgette et sa mère vivent heureuses,
même le mardi soir, entre sept heures et huit heures.
La mère de Georgette a eu si peur que plus jamais
elle n'a fait de soupe à la biscotte. Mais, parfois, elle soupire :
– Finalement, ce Crackmiam, il savait apprécier les bonnes choses.
Et Georgette sourit en se léchant les doigts.
Elle vient de finir son plat favori :
une biscotte à la confiture de tomates vertes
et au beurre de cacahuète !

De temps en temps, quand tout le monde dort,
Georgette monte au sommet de la colline,
pour souhaiter une bonne nuit au Crackmiam.
Elle fait un bisou sur sa grosse joue qui sent…
oh, qui sent drôlement la soupe au chou !

Dans la collection

les belles HISTOIRES

Les mots de Zaza
Jacqueline Cohen • Bernadette Desprès

L'ogre qui avait peur des enfants
Marie-Hélène Delval • Pierre Denieuil

Ma maman a besoin de moi
Mildred Pitts Walter • Claude et Denise Millet

Le grand voyage de Nils Holgersson
d'après l'œuvre originale de Selma Lagerlöf
Catherine de Lasa • Carme Solé Vendrell

La sorcière qui rapetissait les enfants
Véronique Caylou • David Parkins

La famille Cochon déménage
Marie-Agnès Gaudrat • Colette Camil

Le loup vert
René Gouichoux • Éric Gasté

Le petit ogre veut aller à l'école
Marie-Agnès Gaudrat • David Parkins

L'ours qui voulait qu'on l'aime
Marie-Agnès Gaudrat • David Parkins

Le pré sans fleurs ni couleurs
Laurence Gillot • Antoon Krings

Le chant du sorcier
Carl Norac • Claude Cachin

Le plus brave des petits cochons
Youri Vinitchouk • Kost Lavro

Le petit monsieur tout seul
Barbro Lindgren • Ulises Wensell

Le secret de la petite souris

Alain Chiche • Anne Wilsdorf

Le prince Nino à la maternouille

Anne-Laure Bondoux • Roser Capdevila

Même pas peur !

Alain Korkos • Kristien Aertssen

Drôle de cadeau dans le traîneau !

Anne Leviel • Martin Matje

Ouste, les loups !

Kidi Bebey • Anne Wilsdorf

Je serai un oiseau

Rachel Hausfater • Ceseli Josephus Jitta

Cendrillon mon amie

Myriam Canolle-Cournarie • Colette Camil

Retrouvez aussi tous les mois le magazine *Les Belles Histoires*,
avec une grande histoire inédite et les aventures de Zouk, la petite sorcière.

ISBN 13 : 978-2-7470-2540-9

Texte de Hélène Leroy, illustrations de Éric Gasté
Dépôt légal : janvier 2008. 2e édition
Impression en France par Pollina s.a., 85400 Luçon - n° L49537B
Loi 49-956 du 16 juillet 1949 sur les publications destinées à la jeunesse